幼兒全語文 階梯故事 系列

你要做什麼？

袁妙霞 著
野人 繪

園丁文化

早上，小象梳洗完畢，換過校服。
象媽媽說：「吃過早餐，你要做什麼？

小象說：「我要上學去。」
說完，小象就往大門走去。

傍晚，象媽媽準備好晚餐。
象媽媽說：「吃飯前，你要做什麼？」

小象說：「我要先洗手。」
說完，小象就往洗手間走去。

晚上，小象洗澡後，換上睡衣。
象媽媽説：「已經九時了，你要做什麼？

小象説：「我要上牀睡覺。」
説完，小象就往睡房走去。

小象説：「睡覺前，媽媽你要做什麼？」
象媽媽説：「我要給你講故事。」

導讀活動

提問

進行方法：

❶ 讀故事前，請伴讀者把故事先看一遍。
❷ 引導孩子觀察圖畫，透過提問和孩子本身的生活經驗，幫助孩子猜測故事的發展和結局。
❸ 利用重複句式的特點，引導孩子閱讀故事及猜測情節。如有需要，伴讀者可以給予協助。
❹ 最後，請孩子把故事從頭到尾讀一遍。

封面
1. 請猜猜圖中兩隻象是什麼關係？
2. 請把書名讀一遍。

P2
1. 請留意窗外，圖中是一天中的什麼時候？
2. 早上起來，小象都會做哪幾樣事情呢？
3. 吃過早餐，你猜小象接着要做什麼呢？（請留意象媽媽手上拿着的東西）

P3
1. 你猜對了嗎？
2. 小象上學要穿什麼服裝？帶什麼東西呢？

P4
1. 請留意窗外，圖中是一天中的什麼時候？
2. 象媽媽忙着什麼事情呢？吃飯前，你猜媽媽要小象先做什麼？

P5
1. 你猜對了嗎？小象往哪裏走去呢？
2. 除了吃飯，做什麼事情前或後，你也會洗手呢？

P6
1. 圖中是幾點了？小象穿着什麼服裝？
2. 時候不早了，你猜媽媽會跟小象說什麼呢？

P7
1. 你猜對了嗎？小象往哪裏走去呢？
2. 小象打算做什麼呢？

P8
1. 你猜對了嗎？誰陪伴小象入睡呢？
2. 小象躺在牀上還沒有入睡，你猜他要求媽媽做什麼呢？

說多一點點

故事

小蝌蚪找媽媽

春天來了，天氣暖和，青蛙媽媽在池塘中產卵。不久，這些小小的卵都變成小蝌蚪。

一天，小蝌蚪看見鴨媽媽帶着小鴨子在水裏玩，也想起自己的媽媽來。

「鴨媽媽，你看見過我們的媽媽嗎？」小蝌蚪問。

「見過呀！你們的媽媽有兩隻大眼睛，嘴巴又闊又大的。」

「謝謝你，鴨媽媽。」小蝌蚪繼續向前游，去找自己的媽媽。

一條大魚向小蝌蚪游過來。小蝌蚪見大魚有兩隻大眼睛，嘴巴又闊又大，就高興得大叫起來：「媽媽！媽媽！」

「我不是你們的媽媽，你們的媽媽有四條腿的。」大魚笑着說。

小蝌蚪再向前游，看見一隻大烏龜，以為找到自己的媽媽了。

「我不是你們的媽媽，你們的媽媽肚皮是白色的。」大烏龜說。

小蝌蚪繼續找媽媽去，看見一隻白肚皮的大白鵝，就高聲大叫「媽媽」。

「我不是你們的媽媽，你們的媽媽穿着綠衣裳，唱起歌來呱呱呱的。」大白鵝說

小蝌蚪再向前游呀游，看見一隻青蛙坐在一塊荷葉上。

「請問你見過我們的媽媽嗎？她有兩隻大眼睛，嘴巴又闊又大，四條腿，白肚皮，穿着綠衣裳，唱起歌來呱呱呱的。」小蝌蚪上前問道。

「傻孩子，我就是你們的媽媽呀！」青蛙說。

「你是我們的媽媽？為什麼我們的樣子跟你不一樣呢？」小蝌蚪覺得很奇怪。

「你們現在還小，等你們長大了，就跟媽媽一樣了。」

「太好了！我們找到媽媽了。媽媽，媽媽……」小蝌蚪圍在媽媽身邊，高興極了

字卡

請沿虛線剪出字卡。

 玩法

❶ 把字卡全部排列出來，伴讀者讀出字詞，請孩子選出相應的字卡。
❷ 請孩子自行選出多張字卡，讀出字詞並口頭造句。

梳洗	完畢	換過校服
早餐	上學	傍晚
準備	晚餐	洗手間
洗澡	睡房	講故事

幼兒全語文階梯故事系列
第5級（挑戰篇）

《你要做什麼？》

©園丁文化

幼兒全語文階梯故事系列
第5級（挑戰篇）

《你要做什麼？》

©園丁文化

幼兒全語文階梯故事系列
第5級（挑戰篇）

《你要做什麼？》

©園丁文化

幼兒全語文階梯故事系列
第5級（挑戰篇）

《你要做什麼？》

©園丁文化

幼兒全語文階梯故事系列
第5級（挑戰篇）

《你要做什麼？》

©園丁文化

幼兒全語文階梯故事系列
第5級（挑戰篇）

《你要做什麼？》

©園丁文化

幼兒全語文階梯故事系列
第5級（挑戰篇）

《你要做什麼？》

©園丁文化

幼兒全語文階梯故事系列
第5級（挑戰篇）

《你要做什麼？》

©園丁文化

幼兒全語文階梯故事系列
第5級（挑戰篇）

《你要做什麼？》

©園丁文化

幼兒全語文階梯故事系列
第5級（挑戰篇）

《你要做什麼？》

©園丁文化

幼兒全語文階梯故事系列
第5級（挑戰篇）

《你要做什麼？》

©園丁文化

幼兒全語文階梯故事系列
第5級（挑戰篇）

《你要做什麼？》

©園丁文化